AF453788

CHANTS POPULAIRES

DE LA

CAMPAGNE DE ROME.

Tiré à trente exemplaires seulement.

PARIS. — IMPRIMERIE DE BOURGOGNE ET MARTINET,
Rue Jacob, 30.

CHANTS POPULAIRES

DE LA

CAMPAGNE DE ROME

Traduits en Français

ET PUBLIÉS AVEC LE TEXTE EN REGARD

PAR

CHARLES DIDIER,

ET ACCOMPAGNÉS DES AIRS NOTÉS

PAR

VALENTINO CASTELLI,

(Romain).

PARIS.

JULES LABITTE, LIBRAIRE-ÉDITEUR,
3, QUAI VOLTAIRE.
1842.

CHANTS POPULAIRES

DE LA

CAMPAGNE DE ROME.

On a publié en Italie un recueil de chants populaires de la Campagne de Rome (1). Nous
avons pensé qu'une traduction telle quelle de ces
chants intéresserait le public et rendrait moins
incomplètes les études précédentes; nous avons eu
soin toutefois de placer le texte en regard pour
les lecteurs curieux d'étudier dans l'original les
monuments de la poésie populaire. Voici d'a-

(1) *Saggio de' Canti popolari della provincia di Maritima e
Campagna.* Roma, 1830.

bord quelques réflexions dont l'éditeur, M. Visconti, a fait précéder le recueil dont nous parlons. Ces observations préliminaires nous dispenseront de rien ajouter nous-même : le nom de M. Visconti est un brevet d'authenticité. Nous traduisons littéralement.

« Étroitement liés au caractère national, aux conditions de lieux, à l'état des mœurs, au degré de civilisation, les chants populaires méritent l'attention du philosophe; en eux résident les vieux secrets du cœur humain. Remarquables par la spontanéité de l'expression, née toujours d'une émotion vraie, ils offrent un mélange intéressant de choses communes et originales, vulgaires et nouvelles. Inspirés par le cœur, ils en révèlent les deux passions tyranniques, l'amour et la colère; et ils les révèlent avec cette énergie qui confond dans une étroite unité le sentiment et l'expression.

» Sous un ciel clément, en présence des spectacles variés d'une nature belle et bienfaisante, doués d'une langue toute poétique, et portés naturellement à l'enthousiasme, les Italiens sont riches en chansons populaires; les unes empruntées aux bons écrivains, les autres dictées par quelque barde obscur, ou produites par un élan de verve native, elles sont toutes d'une manière ou de l'autre, soit par création, soit par adoption, l'apanage du peuple. Ce serait un travail utile que de rassembler la totalité de ces chants nés quelques uns avec notre langue, et féconds en tours piquants et agréables, en vers heureux, en locutions et en mots d'une pureté primitive.

» Ces considérations, je l'espère, donneront quelque prix aux strophes que je publie, et qui sont chantées par le peuple de la Campagne de Rome. Je les ai réunies en parcourant récemment l'ancien pays des Volsques, lieux autrefois pleins de terreurs et d'atrocités, rendus maintenant à la sécurité et au calme. La mélodie de ces chants est mélancolique et plaintive; répétée d'une montagne à l'autre, quelquefois par un écho lointain, plus souvent par d'autres voix correspondantes, ou qui semblent l'être, elle a je ne sais quoi de grave et de solennel qui pénètre doucement dans l'âme.

» Lorsque je priais les campagnards et leurs femmes de me dicter les vers qu'ils chantaient, les uns s'y refusaient positivement, les autres cédaient avec peine, même en vue d'une récompense ; et si enfin, après une longue résistance, ils se décidaient à me satisfaire, ce n'était que par l'ordre exprès de personnes qui avaient sur eux de l'autorité. Ces poésies expriment si fidèlement le sentiment interne de leur cœur que ma demande ne leur paraissait pas seulement étrange et insolite, mais indiscrète et choquante ; c'est comme si on leur eût demandé leur secret. Il y avait sur les visages une rougeur, et dans les manières une contrainte, un trouble, une mauvaise humeur qui passait toute expression. Je vis là cette pudeur rustique dont parle le grand Tullius (1), et je ne pus obtenir d'eux qu'un nombre bien limité de strophes, et encore avec la condition à chacune que ce serait la dernière ; recueillies par moi tantôt d'une bouche, tantôt de l'autre, et transcrites littéralement, quelques unes me furent répétées jusqu'à six fois et toujours de la même manière.

» Le mètre est le même dans toutes, comme

(1) Pudor quidam pœne subrusticus. (Cic., *Ep. C,* Lucccio.)

devant être en rapport avec la musique qui les accompagne; le vers est de onze syllabes; les stances sont composées de huit vers liés entre eux par la rime croisée, entrelacement qu'on ne retrouve pas dans la poésie régulière. Les deux premiers vers, qui renferment presque toujours un sens complet, reviennent à la fin de chaque stance et en forment la conclusion; d'autres fois j'ai entendu finir la strophe par une espèce de licence en deux vers rimés applicable et appliquée à beaucoup d'entre eux :

> Questo lo dico a te , bel verde alloro ,
> Giacchè la dea non vedo, il tempio adoro.

« Cela, je te le dis à toi, beau laurier vert, puis-
» que je ne vois pas la déesse, j'adore le temple. »
Ou encore :

> Questo l'ho detto a voi, bel lauro verde,
> Chi v'ama più di me , suo tempo perde.

« Cela, je vous l'ai dit à vous, beau laurier vert,
» qui vous aime plus que moi perd son temps. »
» Un des caractères particuliers à ces chants, c'est que le poëte éclate sans aucun préambule, et cette effusion violente du sentiment prouve à

mon gré la force et la vérité de la passion qui
pousse l'imagination et la gouverne; cela prouve
encore qu'ils ont été faits pour la satisfaction
personnelle de celui qui les composa bien plus
que pour celle d'autrui. L'auteur s'épanche sans
chercher autre chose : aussi l'allure en est-elle
hardie, pleine de nerf et de vie. C'est là sur-
tout ce qui les distingue d'une manière notable
de la poésie calculée pour l'effet, et dont le mou-
vement, les couleurs, inspirés par l'esprit bien
plus que par le cœur, n'ont d'autre but que de
provoquer les applaudissements.

» Pour ce qui est de la langue, quelques unes
de ces stances sont de la plus grande pureté; on
trouve dans d'autres des mots et des formes qui
ont vieilli et qui sentent le terroir. Purifiées de
ces taches peu nombreuses, elles pourraient se
présenter avec avantage aux yeux des plus diffi-
ciles; mais j'ai voulu leur conserver leur caractère dans son intégrité, et je m'en suis fait un
devoir que j'ai rempli jusqu'au scrupule. Bien
plus, ou je me trompe fort, ou, tels qu'ils sont,
ces chants expriment merveilleusement la véhé-
mence d'une imagination vive et ardente, et les

pensées poétiques y sont exprimées poétiquement ; ils ont même, ainsi faits, je ne sais quoi de grave et de doux, de chaste et d'amoureux, et ils brillent de certaines lumières qui, pour n'avoir pas la splendeur de nos meilleurs vers, n'en méritent pas moins de fixer l'attention. Ils ne décèlent d'ailleurs ni grossièreté de mœurs, ni barbarie, ni cruauté. »

N. B. On a placé à la fin des notes, dont deux ou trois seulement appartiennent à M. Visconti. Les autres sont puisées, soit dans l'*Anthologie* de Florence, soit dans nos propres souvenirs.

I.

Bella che ci sei nata tra li fiori
　　A noi discesa dai superni Dei,
La rosa ti donò li suoi colori
　　E la palma d'Amor l'archi e i trofei :
Lo tuo padre non fù qualche pittori,
　　Che ti dipinse quanto bella sei?
Bella di nobiltà porti il valori;
　　Gioia quanto piacesti a l'occhi miei!
Bella che ci sei nata tra li fiori
　　A noi discesa dai superni Dei.

II.

Rosa gentil che nel giardin d'Amore
　　Vaga comparsa fai tra verdi foglie
Il tuo purpureo e candido colore
　　Luce da l'occhi e pace a l'alma toglie;
Intorno spand' sì soave odore
　　Ch' ogni maggior piacere in se raccoglie,
Punto da le tue spine questo core
　　Di dolor morirà se non ti coglie.
Rosa gentil che nel giardin d'Amore
　　Vaga comparsa fai tra verdi foglie!

I.

Belle tu es née au milieu des fleurs et descendue parmi nous du séjour des dieux; la rose te donna ses couleurs, et la palme d'amour les arcs de triomphe et les trophées : ton père ne fut-il pas quelque peintre qui te peignit, tant tu es belle? Belle, tu enlèves le prix d'élégance. O bijou! combien tu plus à mes yeux! Belle tu es née au milieu des fleurs et descendue parmi nous du séjour des dieux.

II.

Charmante rose, qui, dans le jardin d'amour, apparais si belle au milieu des feuilles vertes, ta couleur blanche et purpurine enlève aux yeux la lumière et le repos à l'âme; tu répands un parfum si suave qu'il concentre en lui les plaisirs les plus vifs; piqué par tes épines, ce cœur mourra de douleur s'il ne te cueille. Charmante rose, qui dans le jardin d'amour apparais si belle au milieu des feuilles vertes.

III.

La vaga rosa a l'amanti gradita
    Vagheggia sua bellezza innamorata,
Quando si vede a porpora vestita
    E di foglie e di spine circondata ;
Ma quando è colta poi, tra belle dita
    Perde l'odore, e al fine vien buttata ;
Così è la donna in amorosa vita
    Da tutti amanti alfine abbandonata.
Questo lo dico a voi bel verde alloro
    Giacchè la dea non vedo il tempio adoro.

IV.

Angelletto diventar vorrei ,
    Venirti a ritrovar dovunque stai ;
De le tue stanze non mi partirei
    Per veder con chi parli e cosa fai :
Tutte le pene mie dir ti vorrei ,
    Quanti soffro per te tormenti e guai.
L'ultimo canto mio dir ti vorrei ,
    Cara se mi vuoi ben mi seguirai !
Angelletto diventar vorrei ,
    Venirti a ritrovar dovunque stai !

III.

La jolie rose, chère aux amants, se complaît dans son amoureuse beauté, quand elle se voit vêtue de pourpre, environnée de feuilles et d'épines ; mais lorsqu'elle est cueillie elle perd son parfum entre de beaux doigts, et on la jette enfin ; ainsi la femme d'amoureuse vie est abandonnée à la fin par tous ses amants. Cela, je vous le dis à vous, beau laurier vert, puisque je ne vois pas la déesse, j'adore le temple.

IV.

Je voudrais devenir petit oiseau pour te venir retrouver partout où tu es ; je ne quitterais pas ta demeure pour voir avec qui tu parles et ce que tu fais ; je voudrais te dire toutes mes peines, combien pour toi je souffre de tourments et de maux ; je voudrais te dire mon dernier chant ; ô chère, si tu m'aimes tu me suivras ! Je voudrais devenir petit oiseau pour te venir retrouver partout où tu es.

V.

Lucentissima stella mattutina,
    Vaga ninfa d'Amore, dea serena,
Non ci passa nè sera nè mattina,
    Che non rimiri la bellezza tena;
Chi la rimira sà faccia divina
    L'aria se ce và nuvola serena;
Quando esce lo sole a lei s'inchina
    Credendo che ce sia la Maddalena.
Lucentissima stella mattutina,
    Vaga ninfa d'Amore dea serena.

VI.

Stella non vidi mai sì rilucente,
    Che simigliante fosse al tuo sembiante:
La Luna stessa se riduce a niente
    Che non appare bella in ogn'istante:
Splende negli occhi tuoi na fiamma ardente,
    Che porge lume al tuo fedele amante:
La notte oscura ancor mi sei presente
    Tanto la tua bellezza è penetrante!
Stella non vidi mai sì rilucente,
    Che simigliante fosse al tuo sembiante.

V.

Resplendissante étoile du matin, belle nymphe d'amour, divinité sereine, il ne se passe ni soir ni matin que je ne contemple ta beauté. Qui la contemple, cette figure divine, voit l'air se rasséréner, s'il est nébuleux; le soleil, quand il se lève, s'incline devant elle, croyant que c'est la Madeleine. Resplendissante étoile du matin, belle nymphe d'amour, divinité sereine.

VI.

Je ne vis jamais d'étoile assez brillante pour ressembler à ton visage : la lune elle-même se réduit à rien, car elle ne paraît pas belle à tous les instants ; dans tes yeux resplendit une flamme ardente qui envoie la lumière à ton fidèle amant; pendant la nuit obscure tu m'es encore présente, tant ta beauté est pénétrante! Je ne vis jamais d'étoile assez brillante pour ressembler à ton visage.

VII.

Se io ti miro mi rattristo assai,
 Se non ti miro ho nel mio cor le pene :
Se volgi ad altri i dubïosi rai
 Sempre legato a te Amor mi tiene ;
Più premura di me sò che non hai,
 E sospirar per te pur mi conviene ,
Se com' t'amo ad amarmi tornerai
 Più mai non cesso di volerti bene.
Se io ti rimiro mi rattristo assai ,
 Se non ti miro ho nel mio cor le pene

VIII.

Angelica beltade, alma divina ,
 Calamita attrattiva d'ogni core ;
Ogni anima ogni core a te s'inchina ,
 Ogni bellezza cede al tuo splendore ;
Che delle belle sei l'alta regina ,
 L'Empireo sei tu del ciel d'Amore ;
Chi t'ama e non t'adora e non t'inchina
 O è uomo di sasso, o non ha core.
Angelica beltade , alma divina ,
 Calamita attrattiva d'ogni core.

VII.

Si je te vois, je m'attriste; si je ne te vois pas, j'ai le cœur plein de peine; si tu tournes vers d'autres tes rayons douteux, Amour me tient lié toujours à toi. Je sais que tu n'as plus de moi aucun souci, et moi je ne puis m'empêcher de soupirer pour toi. Si tu reviens à m'aimer comme je t'aime, je ne cesserai plus jamais de t'aimer. Si je te vois, je m'attriste; si je ne te vois pas, j'ai le cœur plein de peines.

VIII.

Angélique beauté, âme divine, attractif aimant de tous les cœurs; tous les cœurs, toutes les âmes s'inclinent devant toi; toute beauté cède à ta splendeur; car tu es la reine suprême des belles, tu es l'empirée du ciel d'amour; celui qui t'aime et ne t'adore pas, et ne s'incline pas devant toi, est un homme de pierre ou n'a pas de cœur. Angélique beauté, âme divine, attractif aimant de tous les cœurs.

IX.

Vorrei fare un bel cambio d'Amore,
   Donami lo tuo core, eccote 'l mio ;
Sarai tu del mio cor cura maggiore,
   Cura maggior del tuo sarò ancor io.
Oh che dolce parlar de core a core,
   Intendere ogni speme ogni desio !
Semo due cori ristretti in un core,
   Quel che lo vuoi tu lo voglio anch'io.
Vorrei fare un bel cambio d'Amore,
   Donami lo tuo core, eccoti il mio.

X.

Palomba che per l'aria vai a volare
   Ferma che voglio dirte due parole :
Voglio cavà una penna a le tue ale,
   Voglio scrive una lettra a lo mio amore ;
Tutta de sangue la voglio stampare,
   Per sigillo ce metto lo mio core.
E finita de scrive et sigillare
   Palomba portacella a lo mio amore.
E se lo trovi in letto a riposare,
   O palomba riposati tu ancora.

IX.

Je voudrais faire un bel échange d'amour ; donne-moi ton cœur, voilà le mien, tu seras de mon cœur la sollicitude la plus grande, et moi je serai du tien la plus grande sollicitude. Oh ! quelle douce causerie de cœur à cœur : entendre chaque espérance, chaque désir ! Nous sommes deux cœurs confondus en un cœur ; ce que tu veux, toi, moi je le veux aussi. Je voudrais faire un bel échange d'amour ; donne-moi ton cœur, voilà le mien.

X.

Palombe qui vas volant par les airs, arrête, je veux te dire deux paroles : je veux tirer une plume de tes ailes, je veux écrire une lettre à mon amour, je veux l'imprégner de sang tout entière ; pour cachet j'y mets mon cœur, et une fois écrite et cachetée, palombe, porte-la à mon amour, et si tu le trouves reposant dans son lit, ô palombe ! repose-toi aussi.

XI.

Discacialo idol mio se mi vuoi bene
   Chi presume rubarme 'l tuo bel core,
Non gli mostrar le tue luci serene,
   Digli che ad altro cor giurasti amore,
Digli ch' hai troppo strette le catene ,
   E conservi per me un fido amore :
Alfine gli dirai che non conviene
   Lasciare chi per te si strugge e more.
Discacialo idol mio se mi vuoi bene
   Chi presume rubarme 'l tuo bel core.

XII.

Son sforzato a cantar non da l'Amore,
   Solo per tua bellezza raccontare;
Risiede nel tuo volto un gran splendore,
   Che fa qualunque vista innamorare.
Gli Dei s'uniron tutti a tuo favore,
   E per volerti di bellezza ornare.
Ah chi non t'ama non conosce Amore,
   O non intende lo modo d'amare!
Sono sforzato a cantar non da l'Amore
   Solo per tua bellezza raccontare.

XI.

Chasse, ô mon idole! si tu m'aimes, celui qui prétend
me voler ton beau cœur; ne lui montre pas tes prunelles sereines; dis-lui que tu juras amour à un autre
cœur; dis-lui que tu as trop serré les chaînes, et con-
serve pour moi un fidèle amour ; enfin tu lui diras
que tu ne dois pas abandonner celui qui pour toi se
consume et meurt. Chasse, ô mon idole! si tu m'aimes, celui qui prétend me voler ton beau cœur.

XII.

Je suis forcé à chanter, non par l'amour, mais
pour raconter ta beauté. Sur ton visage brille une
grande splendeur qui rend amoureux tous les yeux.
Les dieux s'unirent tous en ta faveur, et pour t'orner
de beauté Oh! qui ne t'aime pas ne connaît pas
l'amour, ou n'entend pas la manière d'aimer! Je suis
forcé à chanter, non pour l'amour, mais pour raconter ta beauté.

XIII.

Cupido fece nn'arco sopra un monte,
  E d'oro 'l ricoperse et d'adamante,
E ritta in mezzo ce piantò na fonte
  Per rinfrescare ogni felice amante.
Ma niun se bebbe l'acqua d'esto fonte
  E de l'età ne son passate tante !
Chi passa in mezzo al mare senza ponte
  Quello se può chiamar felice amante.
Questo lo dico a voi bel lauro verde :
  Chi v' ama più di me suo tempo perde.

XIV.

Dianni che cosa mai farà 'l mio core
  Dovendosi da te allontanare :
Dimmi se deve conservarti amore,
  Oppur per sempre ti deve scordare;
Un cor ch' avvisa non è traditore,
  Tu presto pensa la risposta dare.
Dimmi di sì di nò senza rossore,
  Se mi vuoi morto o mi vuoi consolare.
Dimmi che cosa mai farà 'l mio core
  Dovendosi da te allontanare.

XIII.

Cupidon fit une arche sur une montagne; il la re-
couvrit d'or et de diamants. Droit au milieu, il planta
une fontaine pour rafraîchir tous les amants heureux ;
mais personne n'a bu l'eau de cette fontaine, et que
de siècles se sont écoulés! Qui passe sans pont au
milieu de la mer, celui-là peut s'appeler amant heureux. Cela, je le dis à vous, beau laurier vert, qui
vous aime plus que moi perd son temps.

XIV.

Dis-moi ce que fera mon cœur, s'il doit jamais s'é-
loigner de toi. Dis-moi s'il doit te garder son amour,
ou s'il doit pour toujours t'oublier. Un cœur qui pré-
vient n'est pas trompeur; songe à me donner promp-
tement la réponse : veux-tu ma mort ou me veux-tu
consoler? dis-moi oui ou non sans rougir. Dis-moi ce
que fera mon cœur s'il doit jamais s'éloigner de toi.

XV.

Ardo per te d'amor, m'abbruccio e pato;
    Mi consuma l'amore in fiamma e foco;
Misero son ridotto in tale stato
    Che mancare mi sento a poco a poco!
Vorrei da te saper se sono amato,
    Parlare ti vorrei, ma non ho loco:
Vorrei mostrarti come sò impiagato,
    Refrigerio non ho non trovo loco.
Ardo per te d'amor, m'abbruccio e pato;
    Mi consuma l'amore da fiamma e foco.

XVI.

Sarebbe tempo omai pupille care
    D'aver qualche pietà del mio dolore,
Sarebbe tempo omai di consolare
    L'ardente brama de l'afflitto core.
Che ti giova di farmi più penare?
    Smorzalo per pietà l'acceso ardore;
E se poi vuoi 'l mio petto anche svenare
    Son contento morì per lo tuo amore.
Sarebbe tempo omai pupille care
    D'aver qualche pietà del mio dolore!

XV.

Je brûle pour toi d'amour, je me dévore et je souffre; l'amour me consume en flamme et en feu. Je suis réduit à un tel état de misère, que je me sens peu à peu mourir! Je voudrais savoir de toi si je suis aimé, je voudrais te parler, mais il n'y a pas moyen; je voudrais te montrer comme je suis blessé; je n'ai pas de soulagement, je ne suis bon à rien. Je brûle pour toi d'amour, je me dévore et je souffre; l'amour me consume en flamme et en feu.

XVI.

Il serait temps maintenant, ô prunelles chéries! d'avoir quelque pitié de ma douleur; il serait temps maintenant de consoler l'ardent désir de mon cœur affligé. A quoi bon me faire tant souffrir? Éteins par pitié l'ardeur allumée; et puis, si tu veux encore me percer la poitrine, je suis content de mourir par ton amour. Il serait temps maintenant, ô prunelles chéries! d'avoir quelque pitié de ma douleur.

XVII.

Cara dimmi qual dubio hai tu nel core,
    Forse credi fallaci i detti miei !
Dissi d'amarti , e non son traditore ,
    Se delitto è l'amor siam tutti rei.
Finché di gioventù m'assiste il fiore
    Sarò costante se fedel mi sei ;
Commetter non saprò alcun' errore ,
    Ma un pegno solo di tuo amor vorrei.
Cara dimmi qual dubio hai tu nel core ,
    Forse credi fallaci i detti miei !

XVIII.

Prima ch' io lasci te gentil signora
    I duri sassi si faranno cera,
Madre dell' ombre diverrà l'aurora,
    Il mezzo giorno sonerà la sera ;
Saranno il foco e l'acqua uniti ancora ,
    Eterna durerà la primavera ;
I nostri amori finiranno allora
    Quando 'l mondo ritorni a quel che era.
Prima ch'io lasci te gentil signora
    I duri sassi si faranno cera.

XVII.

Chère, dis-moi quel doute tu as dans le cœur.
Peut-être crois-tu mes paroles fallacieuses? J'ai dit
que je t'aimais, et je ne suis pas trompeur. Si l'amour
est un crime, nous sommes tous coupables. Tant
qu'en moi fleurira la fleur de jeunesse, je serai con-
stant si tu m'es fidèle. Je ne saurais commettre aucune
faute, mais je voudrais seulement un gage de ton
amour. Chère, dis-moi quel doute tu as dans le cœur.
Peut-être crois-tu mes paroles fallacieuses?

XVIII.

Avant que je te quitte, maîtresse charmante, les durs
rochers se changeront en cire, et l'Aurore deviendra
la mère des ombres; midi sonnera le soir; le feu et
l'eau seront unis; le printemps durera éternellement;
nos amours finiront alors que le monde retournera
à ce qu'il était. Avant que je te quitte, charmante
dame, les durs rochers se changeront en cire.

XIX.

Lungi da l'occhi tuoi caro mio bene
     Passai fra mille guai li giorni e l'ore,
Qual di prigion fra ceppi e fra catene
     Corse la vita mia sempre in dolore.
Lo mio spirto e 'l mio sangue entro le vene
     Non avevan più forza e più vigore,
Fra fiorite campagne, in culte arene
     Se non morii mio ben mi resse Amore.
Lungi dagl' occhi tuoi caro mio bene
     Passai fra mille guai li giorni e l'ore.

XX.

Si dice che l'amore non sia nienti!
     Provar lo possan l'infideli amanti;
Andai a l'inferno per patir tormenti,
     E quelli mi parevan suoni e canti:
Mi disse la fortuna immantinenti
     Queste non son le pene de l'amanti,
Se t'insegno quai sono lor tormenti
     Quando una donna sola n'ama tanti!
Si dice che l'amore non sia nienti;
     Provar lo possan gl' infedeli amanti.

XIX.

Loin de tes yeux, ô mon bien chéri! je passai à travers mille maux les jours et les heures; comme le prisonnier dans les fers et dans les chaînes, ma vie coulait dans les douleurs. Mon esprit et le sang de mes veines n'avaient plus ni force ni vigueur. Si je ne mourus pas au milieu des campagnes fleuries et des terres cultivées, ô mon bien! c'est que l'amour m'a soutenu. Loin de tes yeux, ô mon bien chéri! je passai à travers mille maux les jours et les heures.

XX.

On dit que l'amour n'est rien! Les amants infidèles peuvent prouver cela; j'allai à l'enfer pour en souffrir les tourments, et ils me paraissaient de la musique et des chansons; la Fortune me dit aussitôt: Tu verras bien que ce ne sont pas là les peines des amants, si je te montre quels sont leurs tourments quand une seule femme en aime plusieurs. On dit que l'amour n'est rien! Les amants infidèles peuvent prouver cela.

XXI.

Pietà, pietà ti chiedo e non rispondi,
  Più ti chiedo pietà meno mi senti,
Mi pari un duro scoglio in mezzo ai monti
  Per esser così ingrata ai miei tormenti.
Ti prego anima mia parla rispondi,
  Abbi pietà di questi miei lamenti :
Come scende la pioggia giù dai monti,
  Così son le mie lagrime cadenti.
Pietà, pietà ti chiedo e non rispondi,
  Più ti chiedo pietà meno mi senti.

XXII.

O cielo, o terra, o mar meco piangete ;
  Fonti, fiumi, ruscelli lagrimate ;
Piangete se di me pietade avete
  Augelli che per l'aere volate.
Amai del fido amore che sapete
  Colei che mi lasciò senza pietate.
O cielo, o terra, o mar poiché piangete ;
  Del tradito amor mio vendetta fate.
O cielo, o terra, o mar meco piangete ;
  Fonti, fiumi, ruscelli lagrimate.

XXI.

Je te demande pitié, pitié, et tu ne me réponds pas; plus je te demande pitié, moins tu m'entends : tu me parais un dur rocher au milieu des montagnes, tant tu es insensible à mes tourments. Je t'en supplie, ô mon âme! parle, réponds-moi, aie pitié de mes lamentations. Comme la pluie descend du haut des monts, ainsi tombent mes larmes. Je te demande pitié, pitié, et tu ne me réponds pas; plus je te demande pitié, moins tu m'entends.

XXII.

O ciel! ô terre! ô mer! pleurez avec moi; fontaines, fleuves, ruisseaux, pleurez; pleurez si vous avez pitié de moi, oiseaux qui volez dans l'air. J'aimai du fidèle amour que vous savez celle qui sans pitié m'abandonna. O ciel! ô terre! ô mer! puisque vous pleurez, vengez mon amour trahi. O ciel! ô terre! ô mer! pleurez avec moi; fleuves, fontaines, ruisseaux pleurez.

XXIII.

Misero chi confida a la Fortuna,
 Pazzo chi crede in amicizia umana!
Nel mondo non si dà fede veruna
 L'amante più fedele s'allontana.
Le donne sono simili a la Luna
 Fanno li quarti ad ogni settimana;
Meglio è lasciarle andare a una a una,
 E vivere con tutte a la lontana.
Misero chi confida a la Fortuna,
 Pazzo chi crede in amicizia umana !

XXIV.

Fra l'affanni e l'angustie ognor mi sento
 Misero me stupisco come campo!
Contro di me congiura ogni elemento
 Da un laccio fuggo ed in un altro inciampo.
Passeggiero provai qualche contento,
 Fuggì qual spuma in mar ne l'aria un lampo;
Se l'amor non mi serve d'alimento
 Non trovo al mio penar rimedio o scampo.
Fra gl'affanni e l'angustie ognor mi sento,
 Misero me stupisco come campo!

XXIII.

Malheureux qui se confie à la fortune, fou qui croit en l'amitié humaine ! Il n'y a aucune foi dans le monde : l'amante la plus fidèle s'éloigne ; les femmes sont semblables à la lune, elles changent de quartier chaque semaine ; le mieux est de les laisser aller une à une, et de vivre avec toutes à distance. Malheureux qui se confie à la fortune, fou qui croit à l'amitié humaine !

XXIV.

Je me sens toujours au milieu des tourments et des angoisses ; malheureux ! je m'étonne de vivre encore ! Tous les éléments sont conjurés contre moi ; je fuis un lien pour tomber dans un autre. Eprouvé-je quelque joie passagère, elle fuit comme l'écume en mer et l'éclair au ciel. Si l'amour ne me sert pas d'aliment, je ne trouve à ma peine ni remède ni salut. Je me sens toujours au milieu des tourments et des angoisses ; malheureux ! je m'étonne de vivre encore!

XXV.

Copriti ciel di tenebroso manto,
   Apriti terra all'aspro mio tormento.
Cessa pur Sole di rilucer tanto
   Eclissati tu Luna al mio lamento;
E voi pianeti in questo amaro pianto
   Convertitevi in acqua, foco, e vento,
Giacché il mio bene che m'amava tanto
   Misero m'ha lasciato in un momento!
Copriti ciel di tenebroso manto,
   Apriti terra all'aspro mio tormento.

XXVI.

Già che non m'ami più, lasciami almeno,
   Lascia ch'io sfoghi in pianto il mio dolore!
Già che morto mi voi eccoti il seno,
   Eccoti il ferro ancor, passami'l core.
Il mio morir sarà dolce sereno,
   Vittima io sarò del dio d'Amore;
Ma prima del morir parlami almeno,
   Dimmi se fui fedele o traditore.
Già che non m'ami più, lasciami almeno,
   Lascia ch'io sfoghi in pianto il mio dolore!

XXV.

Ciel, couvre-toi d'un ténébreux manteau; terre, ouvre-toi à mon âpre tourment, et toi, soleil, cesse aussi
de tant briller. O lune, éclipse-toi à mes lamentations,
et vous, planètes, dans ce pleur amer, convertissez-
vous en eau, en feu, en vent, puisque mon bien,
qui m'aimait tant, malheureux! m'a abandonné en un
instant. Ciel, couvre-toi d'un ténébreux manteau;
terre, ouvre-toi à mon âpre tourment!

XXVI.

Puisque tu ne m'aimes plus, laisse-moi du moins,
laisse-moi épancher ma douleur en larmes! Puisque
tu veux ma mort, voilà mon sein; voilà aussi le fer,
passe-le-moi dans le cœur. Ma mort sera douce et sereine, je serai victime du dieu d'Amour. Mais avant
de mourir, parle-moi du moins; dis-moi si je te fus
traître ou fidèle. Puisque tu ne m'aimes plus, laisse-
moi du moins épancher ma douleur en larmes!

XXVII.

Amate pure chi vi pare e piace ,
   Io senza di voi vivo felice ,
La lontananza nostra assai mi piace ,
   Or non ci amiamo più , già ognun lo dice.
Giorno verrà che vorrai far la pace ,
   Pace far non vorrò , guerra infelice.
Giorno verrà che nel tuo duol vorace ,
   Ma tardi tu dirai : ohimè che fice !
Amate pure chi vi pare e piace ,
   Io senza di voi vivo felice !

XXVIII.

Giacchè vuoi far da me dura partenza ,
   Facciasi ingrata pur ; ma in che peccai?
Eri dell'amor mio la ricompenza ;
   Forse mi lasci perchè io t'amai?
Il misero mio cor di pace senza ,
   Griderà guerra sempre e pace mai !
E quando vorrai far la penitenza ,
   Crudele io ti dirò già ti lasciai.
Giacchè vuoi far da me dura partenza ,
   Facciasi ingrata pur ; ma in che peccai?

XXVII.

Aimez qui bon vous semble et qui vous plaît, moi je vis heureux sans vous; notre éloignement me plaît fort; maintenant nous ne nous aimons plus, chacun le dit. Un jour viendra que tu voudras faire la paix; la paix, je ne voudrai pas la faire, guerre infortunée! Un jour viendra que dans ta douleur dévorante, tu diras, mais trop tard : « Hélas! qu'ai-je fait?» Aimez qui bon vous semble et qui vous plaît, moi je vis heureux sans vous.

XXVIII.

Puisque tu veux t'éloigner de moi, pars, ingrate; mais en quoi ai-je péché? Tu étais la récompense de mon amour. Peut-être m'abandonnes-tu parce que je t'aimai? Mon malheureux cœur, privé de repos, criera guerre toujours, et paix jamais! Et quand tu voudras faire pénitence, cruel à mon tour, je te dirai : « Je t'ai quittée. » Puisque tu veux t'éloigner de moi, pars, ingrate; mais en quoi ai-je péché?

XXIX.

Ascolta la mia voce e insiem, tiranna,
    La sentenza fatal de l'amor mio.
Il tuo finto parlar più non m'inganna,
    Ora non sei più l'idolo mio.
Eri di questo cor la gioia e l'alma,
    Vanne lungi da me vanne in obblio,
E questa per tuo duol sia la condanna
    Addio per sempre ingannatrice addio.
Ascolta la mia voce, e insiem. tiranna,
    La sentenza fatal de l'amor mio.

XXX.

Care luci dal sonno addormentate
    Fedel v'adoro ancor così sopite;
Se a lo lamento mio ve risvegliate
    L'eco del mio dolor deh! compatite :
Amor me spigne, e voi quà me tirate
    Come del ferro fan le calamite.
Chiudetevi begl'occhi e riposate,
    Che le dolenti voci ho già finite.
Care luci dal sonno addormentate
    Fedel v'adoro ancor così sopite

XXIX.

Écoute ma voix, et en même temps, barbare, la sentence fatale de mon amour : ton langage feint ne me trompe plus, tu n'es plus maintenant mon idole. Tu étais la joie et l'âme de ce cœur; va-t'en loin de moi, va-t'en dans l'oubli, et que cette condamnation soit ton désespoir. Adieu, pour toujours, trompeuse, adieu! Ecoute ma voix, et en même temps, barbare, la sentence fatale de mon amour.

XXX.

Yeux chéris, fermés par le sommeil, fidèle, je vous adore, même ainsi endormis. Si vous vous réveillez à ma plainte, compatissez à l'écho de ma douleur : l'amour me pousse, et vous ici vous m'attirez comme l'aimant attire le fer. Fermez-vous, beaux yeux, et reposez, j'ai déjà fini ma douloureuse plainte. Yeux chéris, fermés par le sommeil, fidèle, je vous adore même ainsi endormis.

XXXI.

Ricordate che sei cosa mortale
   Tu che vai tanto di bellezza altera !
Fra le stagioni è ver sola prevale,
   Ma più breve di tutte è Primavera,
Bella è la rosa, e non ha fiore eguale,
   Ma in un girar di sol convien che pera :
Precipita chi troppo in alto sale,
   Lo più splendido giorno se fà sera.
Ricordate che sei cosa mortale
   Tu che vai tanto di bellezza altera !

XXXII.

Mando a l'idolo mio da questo petto
   Cinque mesti sospir figli d'amore :
Gli parla il primo de l'antico affetto,
   E l'altro li racconta il mio dolore,
Il terzo l'offerisce questo petto,
   Il quarto cerca aiuto a tanto ardore,
Il quinto genuflesso al caro oggetto
   Pietà ne cerca e l'offerisce il core.
Mando a l'idolo mio da questo petto
   Cinque mesti sospir figli d'amore.

XXXI.

Rappelle-toi que tu es chose mortelle, toi qui marches si fière de ta beauté! Le printemps seul, il est vrai, l'emporte sur les saisons, mais il est plus court que toutes les autres; la rose est belle, sa fleur n'a pas d'égale, mais elle périt en un tour de soleil; qui trop haut s'élève se précipite; le jour le plus splendide devient le soir. Rappelle-toi que tu es chose mortelle, toi qui marches si fière de ta beauté!

XXXII.

J'envoie à mon idole, du fond de ma poitrine, cinq tristes soupirs, fils d'amour : le premier lui parle de l'ancienne affection, et l'autre lui raconte ma douleur; le troisième lui offre ma poitrine; le quatrième cherche assistance à tant d'ardeur; le cinquième à genoux devant l'objet chéri lui demande pitié et lui offre mon cœur. J'envoie à mon idole, du fond de ma poitrine, cinq tristes soupirs, fils d'amour.

NOTES.

I. *Lo tuo patre non fù qualche pittori?* — On trouve la même idée dans une autre chanson romaine :

> Calaro due pittori dallo cielo ;
> Et tutti e due co li penelli in mano
> Pinser tuo volto.....

« Deux peintres descendirent du ciel, et tous les deux, le pinceau à la main, peignirent ton visage... »

Il ne faut pas trop s'étonner de trouver des peintres dans ces chants populaires ; le peuple de la Campagne de Rome en voit tant, que leur présence est devenue pour lui un événement tout-à-fait ordinaire.

Remarquons en passant que *pittori* est pour *pittore*, comme on écrit *cavalieri* pour *cavaliere*, *leggieri* pour *leggiere*.

II. *Rosa gentil...* — La rose joue un grand rôle dans ces chansons. En voici une qui se chante en Toscane, et où l'on retrouve les mêmes images autrement exprimées :

> O Rosa che di Napoli venisti;
> Roma facesti la prima posata.
> Tutta Livorno di rose copristi :
> D'oro e d'argento è la tua bella casa.
> Oh! quante ne portasti al paradiso,
> Le bianche al cuore e le vermiglie al viso!

« O Rose qui vins de Naples, tu fis à Rome ta première pause, et tu couvris de roses Livourne tout entier : ta belle maison est d'or et d'argent. Oh! combien (de roses) tu portas au paradis, les blanches au cœur et les vermeilles au visage! »

Cette chanson paraît avoir été composée en l'honneur d'une belle qui s'appelait Rose; de là le jeu de mots perpétuel.

III. *La vaga rosa...* — L'idée de cette strophe est dans Catulle, imité déjà par l'Arioste dans la fameuse octave XLII du chant Iᵉʳ :

> La verginella è simile alla rosa....

IV. — *Augeletto diventar vorrei...* Cette chanson,

qu'on attribue à un *fuoruscito*, à un banni mis hors de
la loi, a sa sœur en Toscane :

> Avessi l'ale, e potessi volare !
> Vorrei volar su quel quel finestrino,
> Dove sta lo mi' amore a lavorare.....

« Que n'ai-je des ailes et que ne puis-je voler ! Je
voudrais voler sur la fenêtre où mon amour est à
travailler..... »

Il y a peut-être plus d'élan et de spontanéité dans
la chanson toscane. Dans une strophe analogue de
la Campagne de Rome, les aspirations de l'absence
sont exprimées avec un bonheur singulier :

> Al caro bene col pensiero arrivo.....
> ....Di fedele amante
> Dove l'occhio non può giunge la mente.....

« A mon bien chéri j'arrive par la pensée..... L'esprit de l'amant fidèle va où son œil ne peut attein-
dre..... »

VIII. *Calamita attrativa d'ogni core...* — On trouve
la même image dans une autre stance :

> Nò simigliante a tè non si può dare
> Calamita attrativa in tutte l'ore,
> Colomba che risplendi in mezzo al mare,
> Bocca che quando parli cacci un fiore.

« Non, on ne saurait rien trouver de semblable à
toi, aimant attractif à toutes les heures, colombe qui

resplendis au milieu de la mer, bouche qui en parlant jette une fleur. »

Le dernier vers se trouve presque littéralement dans Ovide :

Dum loquitur, vernas efflat ab ore rosas.

X. *Palomba...* — Cette strophe, toute pleine d'assonances, à l'espagnole, et de mots tronqués, se rencontre encore en Toscane presque dans les mêmes termes, quoique plus correcte :

> O rondinina che ten vai per mare,
> Passa di qua, ti dica due parole :
> Vo' che ti cavi una penna d'all' ale?
> Vò scrivere una lettera al mi' amore.
> Quando l'averò scritta e sigillata,
> (Quando l'averò sigillata e scritta)
> Tu glie ne porterai, rosa incarnata.

« O hirondelle qui t'en vas par la mer, passe ici que je te dise deux paroles. Veux-tu que je te tire une plume des ailes? Je veux écrire une lettre à mon amour. Quand je l'aurai écrite et cachetée (quand je l'aurai cachetée et écrite), tu la lui porteras, à cette rose incarnate. »

Cette même invocation se retrouve par deux fois dans Anacréon, qui l'adresse une fois à la colombe, et l'autre à l'hirondelle. Sous le rapport de la philologie, il y aurait beaucoup à dire sur ces deux chansons. Remarquons d'abord que dans la chanson romaine, le

poëte joue sur les deux rimes *are* et *ore*. Ce jeu de rimes
est fréquent, comme on a pu le voir, et il plaît au peuple. Ici c'est *are* et *ore*; ailleurs c'est *ora* et *era*, ou
bien encore *ente* et *ante*, *onti-enti*, *ate-ete*, etc., etc.
M. Visconti a écrit *portacella* et *ancora*; un philologue
florentin préfère *portacela* et *ancore*, comme plus
conformes, celui-ci à la rime, l'autre à la prosodie.
Dans le chant toscan, *gliene* est pour *gliela*, forme
plus vive et commune chez les trécentistes. Remarquons enfin que les chanteurs prononcent *averò*
comme *avéro*, de la même manière que dans les anciens
manuscrits on trouve quelquefois certains mots cou-
pés en deux pour marquer la place de l'accent; par
exemple : *Quivi soave—mente spose il carco.*

XX. *Si dice che l'amor...* — L'enfer revient aussi
et à plusieurs reprises dans les chants du peuple toscan, non moins superstitieux que le peuple romain.
En voici un qui rappelle le Dante à certains égards.

> Sono stato all inferno, e son tornato.
> Misericordia! quanta gente e' ene!
> E' v'era Giuda tutto incatenato.
> Quando mi vedde, scosse le catene.
> E mi risposse : Vattene co' santi.
> A quel che ci son io, ce ne son tanti!

« Je suis allé en enfer et j'en suis revenu. Miséri-
corde! que de monde il y a! Et il y avait Judas tout
enchaîné. Quand il me vit, il secoua ses chaînes et

me répondit : Va-t'en avec les saints ; la cause m'a mis ici y en a conduit bien d'autres.

Le quatrième vers fait penser à quelques passages du Dante :

> Quando mi vide, tutto si distorse. (*Inf.*, xxiii.)
>
> . . . .
>
> . . . . . Fialte a scuotersi fu presto. (*Inf.*, xxxi.)

Malgré la superstition universelle, les troubadours populaires ont leurs esprits forts : témoin cette facétie sur l'enfer lui-même, ce roi des épouvantements :

> State allegri, contadini.
> All' inferno non si ci cape (*sic*).
> L'altro ier v' andiede un frate :
> Ce lo spinson cogli uncini.

« Soyez joyeux, bons villageois, il n'y a plus de place en enfer (tant il y a foule). Avant-hier un moine y alla, il fallut le tirer avec des crochets. »

Voltaire n'aurait pas mieux dit.

XXI. *Come scende la pioggia...* — On trouve dans une autre strophe deux vers analogues, mais bien plus beaux :

> Se senti il vento, è certo il mio sospiro.
> L'acqua che pioverà sono i miei pianti.

« Si tu entends le vent, ce sont certainement mes soupirs ; l'eau de la pluie, ce sont mes larmes. »

Ceci rappelle un peu le dernier vers de la charmante chanson napolitaine du marchand d'eau :

Son lagrime d'amor non è acqua.

Puisque nous avons fait tant de rapprochements, qu'on nous en permette encore quelques uns. Voici des fragments de chansons toscanes qu'on pourra comparer à nos chants romains :

Lo mio amore è corrucciato meco.
Cari compagni, fate lo far pace.
Menatelo una sera a veglia meco,
Chè de novelle lo farò capace.
Tante novelle e tante novelette
Dov'è la guerra la pace mette.

« Mon amour est courroucé contre moi; chers compagnons, faites-lui faire la paix. Amenez-le-moi un soir à la veillée; je l'amuserai par mille histoires; à force d'histoires et d'historiettes on met la paix où est la guerre. »

Oh! quante volte mi ci fai venire
Sotto le tue finestre a sospirare !
Piglia un coltello, e fammici morire.

« Oh! que de fois tu me fais venir soupirer sous tes fenêtres! Prends un couteau, et fais m'y mourir. »

Io me ne voglio andare e tu mi tieni :
E m' hai legato con tre fila d'oro ;
E scioglier non mi posso in nessun modo.

« Je veux m'en aller, et tu me tiens; tu m'as attaché avec trois fils d'or, et je ne puis d'aucune manière me délier. »

Virgile avait dit avant notre barde inconnu :

Necte tribus nodis ternos, Amarylli, colores :
Necte, Amarylli, modo ; et Veneris, dic, vincula necto

Revenons à nos chansons.

Se vuoi t'insegni amor, lavati il viso.
Levati la mattina di buon' ora ;
E va nell' orto e cogli il fioraliso ;
Mettilo al fuoco, e fa che bolla un' ora.
Quando ha bollito un' ora il fioraliso,
Con te tue bianche man lavati il viso.

« Si tu veux que je t'enseigne l'amour, lave-toi le
visage ; lève-toi le matin de bonne heure ; va dans le
jardin et cueille le bluet ; mets-le au feu et fais-le
bouillir une heure ; quand le bluet aura bouilli une
heure, lave-toi le visage avec tes blanches mains. »

Ce dernier trait est un rappel indirect à la candeur
et à la sincérité. Mais il est à remarquer que la plu
part de ces poésies sont si anciennes que ceux-là
mêmes qui les chantent aujourd'hui n'en compren-
nent pas toujours le sens caché ni la secrète malice ;
il leur arrive même souvent de chanter des paroles
mélancoliques sur un air joyeux, et *vice versà*. Il est
probable que tous ces chants populaires finiront par
tomber peu à peu dans un complet oubli. Ce sera
grand dommage ; car, n'eussent-ils aucun mérite lit-
téraire, ils sont précieux comme monuments vivants
du caractère national, ainsi que des préjugés, des
sentiments, des passions d'une époque. Ils marquent

aussi les rapports de peuple à peuple. Ainsi, par exemple, on retrouve encore à Venise des lambeaux de chansons florentines dont les vers, tronqués et séparés les uns des autres, n'ont aucun sens; mais les mots sont restés. La même chose s'observe en Dalmatie, où des mots et des tours toscans, tombés en désuétude dans la Toscane même, se rencontrent encore mêlés à l'illyrien. Bien plus, on a retrouvé dans le midi de la France le chant que l'auteur de *Faust* a mis dans la bouche de ses campagnards. Puisque nous venons de nommer Goëthe, relevons, pour terminer, une singulière coïncidence : tout le monde connaît celle de ses ballades où une épouse morte donne la mort à son époux dans un baiser. La même ballade est populaire en Toscane; la voici telle qu'elle fut dictée par une jeune paysanne d'Empoli :

> Sono stato all' inferno, e son tornato.
> Misericordia! la gente che c'era!
> V'era una stanza tutta illuminata,
> E dentro v'era la speranza mia.
> Quando mi vedde, gran festa mi fece.
> E poi mi disse : Dolce anima mia,
> Non ti arricordi del tempo passato,
> Quando tu mi dicevi : Anima mia!
> Ora, mio caro ben, baciami in bocca,
> Baciami tanto ch'io contenta sia.
> È tanto saporita la tua bocca!
> Di grazia saporisci anco la mia.

Ora, mio caro ben, che m'hai baciato,
Di qui non isperar d'andarne via.

« J'ai été en enfer, et j'en suis revenu. Miséri-
corde! que de monde il y avait! Il y avait une cham-
bre tout illuminée, et dedans il y avait mon espérance. Quand elle me vit, elle me fit grande fête; puis
elle me dit : O ma douce âme! ne te rappelles-tu pas
le temps passé, quand tu me disais : Mon âme! Maintenant, mon bien chéri, baise-moi sur la bouche;
baise-moi tant que je sois contente. Ta bouche est si
parfumée! de grâce, parfume aussi la mienne. Maintenant, mon bien chéri, que tu m'as embrassée, n'espère plus sortir d'ici. »

POST-SCRIPTUM.

Indépendamment des stances recueillies par
M. Visconti, et que nous venons de traduire et d'an-
noter, le peuple romain chante des ballades héroï-
ques et lyriques tirées, les unes de la légende, les autres des aventures de bandits fameux, et d'autres
sujets tout aussi profanes. Mais ces ballades, ainsi que
les poëmes burlesques et satiriques dont nous avons
parlé ailleurs (1), se chantent plutôt dans la ville; le

(1 *Rome Souterraine.*

paysan n'en fait guère usage. Un assez grand nombre de ces petits poëmes populaires ayant été recueillis et traduits par fragments dans un livre plein d'intérêt, nous y renvoyons les curieux (1); mais nous ne pouvons passer sous silence les ritournelles, *ritornelli*, sorte de chansons très courtes pour lesquelles le campagnard romain a une prédilection toute particulière. Quelques unes ont trois vers, dont le premier rime avec le dernier; le second est jeté entre deux sans rime, sinon sans raison :

> Sino a Cupido innamorar fareste,
> Di angeliche bellezze pure e caste
> Siete più bella del' splendor celeste.

« Vous rendriez amoureux jusqu'à Cupidon; vous êtes belle d'angéliques beautés pures et chastes, plus belle que la splendeur céleste. »

> Dimmi pastor novello e non t'irascere (2)
> Questa tua greggia ch'è cotanto strania
> Chi te la diè si follemente a pascere?

« Dis-moi, berger novice, et ne te fâche pas : Ce troupeau qui est si extravagant, qui te l'a donné si follement à paître?

> Dove camini nasce un gensumino,
> Quando miro ne lo tuo volto ameno,
> Mi par d'ammirare un vago giardino.

(1) *Voyage dans les montagnes de Rome*, par Marie Graham; trad. de l'anglais. Paris, 1829.

(2) *Irascere* pour *irare*. On reconnaîtrait à ce seul mot que Sannazar est l'auteur de cette terzine, qui a passé dans le peuple.

« Où tu marches naît un jasmin. Quand je contemple ton visage aimable, il me semble admirer un jardin charmant. »

Chi spiegherà l'acerbo mio martire?
Vicino a te mi sento il cor straziare,
Da te lontano mi sento morire.

« Qui expliquera mon âpre martyre? Près de toi je me sens déchirer le cœur; loin de toi je me sens mourir. »

Mais plus ordinairement la ritournelle n'a que deux vers, précédés du nom d'une fleur qui a quelque rapport caché avec la pensée qui préoccupe le chanteur, et dont le nom rime avec le second vers. En voici quelques unes :

Fiore di zucca!
Avete nel parlare il miele in bocca,
E i vostri sdegni sono oglio di Lucca.

« Fleur de citrouille! vous avez en parlant le miel à la bouche, et vos colères sont de l'huile de Lucques. »

Fiore d'ornello!
Mettete la gallina accanto il gallo
E poi vedrete che bel giocarello!

« Fleur d'orne! mettez la poule à côté du coq, et puis vous verrez quel joli petit jeu! »

Fiore d'aneto!
Quando moro se vado in paradiso,
Se non ti trovo me ritorno indieto.

« Fleur d'anet! quand je mourrai, si je vais au paradis et que je ne t'y trouve pas, je m'en reviens en arrière. »

> Fiore d'abete !
>> Prima di farvi dar la regalata
>> Dite ci un poco quanti sciocchi siete?

« Fleur de sapin ! avant de vous faire donner la bonne-main, dites-nous un peu combien vous êtes d'imbéciles? »

> Fior di cipresso !
>> Accendi questo lume in su quel sasso,
>> Chè l'alma del mio bene passa adesso.

« Fleur de cyprès ! allume ce cierge sur cette pierre; l'âme de mon bien passe en ce moment à l'autre vie. »

> Fiore di viola !
>> Quando sarà quel dì, brunetta cara,
>> Chè ti potrò parlar da solo a sola?

« Fleur de violette ! quand viendra ce jour, chère brunette, où je te pourrai parler seul à seule? »

Ces chansonnettes le plus souvent sont improvisées ; cependant, sans reparler de celle de Sanuazar, on y trouve des vers de l'*Aminta* et du *Pastor fido*, ces deux types bucoliques de l'Italie moderne. Elles se chantent ordinairement à deux, un homme et une femme, qui se mettent vis-à-vis l'un de l'autre, comme dans les tensons du moyen-âge, et même avant, puisque Virgile nous dit la même chose des bergers de son temps : *Arcades ambo..... Ambo cantare parati.* Il n'est pas rare d'entendre de belles voix dans ces concerts rustiques, qui ont lieu en général à l'heure des repas. Le soir il est assez d'usage qu'un couple amoureux se détache de la bande, et s'en aille, les bras entrelacés, jusqu'à la lisière du champ; là il se met à chanter à pleine voix, à l'étendue, ainsi qu'ils disent, *alla stesa*, comme s'ils prenaient la nature entière à témoin de leur bonheur. A chaque pause, la bande répond par des cris de joie et des coups de fusil.

Les chanteurs s'accompagnent sur des guitares bombées, dont les cordes d'acier ou de laiton sont fouettés à pleine main, et sur des mandolines qui chantent dans le cercle étroit de la cadence fondamentale du ton. Les airs sont dans le mode mineur ; ils ne sont point rhythmés, et semblent par conséquent antérieurs au xvie siècle. Qui sait même s'ils ne seraient pas un reste et comme un écho lointain de ces cantilènes grecques importées à Rome sous les premiers empereurs, et qui se seraient transmises de bouche en bouche jusqu'à nos jours? D'autres sont plus modernes, et on en attribue plusieurs à Salvator Rosa. On peut consulter à ce sujet l'ouvrage du savant Bontempi (1). Ces accompagnements paraissent

(1 *Istoria della musica in Italia.* 1680.

d'abord monotones, quelquefois même discordants ;
mais on finit par les aimer, et de grands musiciens
se sont pris pour eux d'une vive admiration. Kreut-
zer, par exemple, n'en parlait qu'avec ravissement,
et tous les compositeurs qui en ont tiré parti ne sont
pas venus nous le dire.

Un musicien distingué et Romain de naissance,
M. Valentin Castelli, a bien voulu noter pour nous
deux de ces chants : l'un est commun aux campagnards du Latium, de la Sabine, de l'Ombrie, de
presque tout l'État romain ; l'autre est une ritournelle pur sang que nous avons entendue nous-même
bien des fois sous le soleil latin, et dont les mélo-
dies nous reportent par enchantement aux beaux
jours du voyage et de la liberté.

VIOLON,
ou
MANDOLINE
jouant
le SALTARELLO.
GUITARE
à 5 cordes
doubles.
Toujours le même comme SOPRA.

CANTO
à une
ou à deux voix,
MANDOLINE.
GUITARE.
Fior di vi - o - - - la!
Accompagnement.
- - la! Quan-do sa - rà quel di brunet-ta ca -
Simili
- ra Che ti po-trò par-lar da solo a so -

la
simili

Chi spie-ghe-rà l'a-
Accompagnement à volonté,
cer - bo mio mar-ti - re? Vi-ci-no a te mi
sento il cor strazia - re da-te lon-ta-no

mi sen-to mo - ri — — re.
simili

N. B. Les voix doivent exécuter largement, en prolongeant les repos et les cadences, sans s'inquiéter des accompagnements, et reprendre la série de *ritornelli* quand bon leur semble.

Le phrasaire du chant d'accompagnement varie (en gardant toujours cependant les mêmes proportions) selon le goût et l'habileté de l'instrumentiste qui le dirige ; lui seul prend soin des chanteurs, et évite la confusion, tandis que les guitares continuent régulièrement leurs accords monotones en dehors de toute combinaison harmonique, excepté dans la note finale.